# 三味の音色に江戸を見る

鶴家奏英

文芸社

# はじめに

鶴家奏英

「三味の音色に江戸を見る」というテーマを考えついたのは僕は三味線の演奏を業に常日頃江戸文化・そして日本全国の民謡を研究しており舞台や放送での演奏活動しながらある日思いついたことでした。

目まぐるしい現代社会をちょっとつかの間日本の音文化にふと耳を傾けた時「あゝ今流れているお座敷唄のようなの何処かで聞いたことあるような……」と誰でも一、二度はあるかと思うのです。そんな江戸の人達が四季を肌で感じながらその時代を暮らして来た江戸ならではの流行唄《はやりうた》「三味線お座敷歌謡」の数々を名所どこを重ねながら訪ねて楽しんで頂けたら幸甚に思います。

平成二十六年七月

# 目次

# 江戸の正月

## 春

江戸の正月は辰巳芸者と並んでイナセなものは鳥追《とりおい》娘《むすめ》でありました。普通の日は女太夫と呼び元旦から二十日までを鳥追と呼んだ。木綿の縞物に帯は独鈷《どっこ》、編笠をかむり浅黄か鹿の子の絞りのアゴ当てで真紅の笠の紐《ひも》を結んで三味線は連れ弾きの二人流し歩き。

何れも若く美しく色白美人の女が多かったとか。

その娘達に思いを寄せる江戸の男達もまた多かったそうです。

そして松もとれるとどこからともなく鶯のさえずる声に誘われ桜や梅見に江戸庶民は来る春を満喫しました。

## ♪　初出見《はつでみ》よとて

〽初出見《はつでみ》よとて　出《で》をかけて　ンまず
頭取《とうど》りの　伊達姿《だてすがた》　良《よ》い道具持《どうぐも》ち
粋《いき》なぽんぷ組《ぐみ》　エ
ずんとたてたる梯子乗《はしごの》り
腹亀《はらがめ》じゃ　ン吹《ふ》き流《なが》し
逆《さか》さ大《だい》の字《じ》　ぶらぶら谷覗《たにのぞ》き

いよッかっこいい！　いい男伊達男《だて》！

江戸の消防の出初式の光景を謡《うた》っているものです。「よい道具持ち」とはよい纏（まとい）持ちのことで纏持ちには組一番の美男子が選ばれます。それも「若い」「背が高い」のが条件だったようです。

◇　◇

江戸の「町火消し」各町内にあり組の名前は「いろは」の四十八文字から取っています。この他に「定火消し《じょうかけし》」というのがありこれは幕府直轄の火消し役人です。八代将軍・吉宗（一六八四～一七五一）が大岡越前守（一六七七～一七五一）に町火消を指導して以後、定火消しより町火消しが活動が目立つようになりました。

「江戸の大火」振袖火事
明暦三年（一六五七）正月十八日十九日に発生。
死者十万人超。

「火事と喧嘩は江戸の華」
徳川幕府三百年の間に約百回もの大火が起きました。
火消しでの喧嘩が多く定火消しと町火消しの対抗意識の喧嘩がしばしばでした。

## ♪　梅《うめ》は咲《さ》いたか

〽梅《うめ》は咲《さ》いたか　桜《さくら》はまだかいな
　柳《やなぎ》ゃなよなよ　風次第《かぜしだい》
山吹《やまぶ》きゃ浮気《うわき》で　色《いろ》ばっかり　ションガイナ

〽柳橋《やなぎばし》から　小舟《こぶね》で急《いそ》がせる
　舟《ふね》はゆらゆら　波次第《なみしだい》
舟《ふね》から上《あが》って土手《どて》八丁《はっちょう》　吉原《よしわら》へご案内《あんない》

香りも豊かに梅の開花の声を聞くと、春一番に先ず出掛けたくなるのは、遠い江戸時代の頃から今の時代も同じでしょう。その名残りをとどめているのは亀戸天神境内で見事に約二百五十本咲きほこる梅です（二月中旬〜三月下旬）。広重の『名所江戸百景亀戸梅屋敷』がそれです。また学問の神といわれている菅原道真公を奉祀している、湯島天神の境内にも三百本以上の梅の木があります。祭礼は五月二十五日でとても賑わいます。

湯島天神の神楽堂で巫女《みこ》に舞わせたとの伝説があります、しかも美女の神楽であります。

この神楽も湯島天神にはじまるというのだから当時はかなり話題をよびました……。

梅見たあとは柳橋のお座敷へ行ってみよっと!!

## ♪ 梅《うめ》にも春《はる》

〽梅《うめ》にも春《はる》の　色添《いろそ》えて
若水汲《わかみづく》みか　車井戸《くるまいど》
音《おと》もせわしき　鳥追《とりお》いや
朝日《あさひ》にしげき　人影《ひとかげ》を
もしやと思《おも》う　恋《こい》の慾《よく》
遠音神楽《とおねかぐら》や　数《かず》とりの
待《ま》つ辻占《つじうら》や　ねずみ鳴《な》き
逢《お》うてうれしき　酒《ささ》きげん
濃《こ》い茶《ちゃ》ができたら　上《あ》がりゃんせ
ササ　持《も》っといで

江戸の正月。

カラカラカラッと正月一番汲《く》みの車井戸の水。この言葉でいかにも、もう一気に気分が想像つきます。

鳥追の門付、そして戸外では年賀の人々が行き交い賑やかな中にも自分の思う恋人が居やしないかと思うのも恋なればこそです。

遠音に聞こえてくる神楽囃子や子供達の追羽子《おいばね》の音、辻合で待つ人を占う光景や、待ち人が来たので嬉しくてチュウチュウと鼠鳴きをする情景が目に映るようです。現在ではのぞむべくもありません。

このような光景は江戸の市中のあちこちに見られたようです。

## ♪ 夜《よ》ざくら

〽夜《よ》ざくらや　浮《う》かれ烏《がらす》が　まいまいと
花《はな》の木陰《こかげ》に　誰《たれ》やらが　居《い》るわいな
とぼけしゃんすな
芽吹《めぶ》き柳《やなぎ》が　風《かぜ》にもまれて
エー　ふわり　ふわり　ふわりと
オーサ　そうじゃいな　そうじゃいな

三月ともなれば江戸の不夜城、吉原のメインストリート仲の町の中央に桜を植えて、艶やかに花魁道中が演出されるのも吉原の年中行事でありました。大門をくぐると真っ先に目に飛びこんでくるのは仲の町の桜で見栄えのよいものを置いていました。

夜桜と灯《とも》る雪洞《ぼんぼり》、そしてその桜の下を集まって来る嫖客《ひょうかく》は数知れず……。

実にその頃の吉原の光景が想像できます。

歌舞伎十八番の「助六」の通人の登場場面にこの曲がその雰囲気にまさにぴったりです。唄といい三味の音といい酔いしれてしまいます。

夜桜もいいがこの唄も花魁《おいらん》も俺《お》らーも最高だ――。

嫖客＝吉原仲の町に夜間に集まってくるお客のことです。また歌詞の中の「浮かれ烏がまいまい」がそれです。

江戸時代の桜の名所
上野の山＝飛鳥山
（八代将軍吉宗が整備）

# 江戸の夏

昔も今も江戸の三大祭りといえば神田祭り、三社祭り、深川の富岡八幡祭り。いずれも江戸ッ子を熱狂させた壮大なものです。

オット忘れちゃなんネーのが両国の花火。

上がるたびに「タマヤー、カギヤー」のかけ声と歓声。

夜の暗い空を首がいたくなるほどながめているのです。

## ♪　えんかいな

〽夏《なつ》の涼《すず》みは　両国《りょうごく》の
出船《でふね》入《い》り船《ふね》　屋形船《やかたぶね》
あがる流星《りゅうせい》　星下《ほしくだ》り
玉屋《たまや》がとりもつ　えんかいな

〽二人《ふたり》暑《あつ》さを川風《かわかぜ》に
流《なが》す浮《う》き名《な》の　涼《すず》み船《ぶね》
あわす調子《ちょうし》の爪弾《つめび》きは
水《みず》ももらさぬ　えんかいな

たまやー　かぎやー。

夏の夜空にドドーンと鳴りひびき、暗い夜空を眺めるとパッと明るくなり、ワァーと歓声があがる。鉄砲伝来と共に日本に入って来た花火――。

江戸は両国隅田川……。享保十八年（一七三三）から川開きにあわせて打上げられたのが始まりとか……。

この背景には江戸の大火や大凶作で、おびただしい数の死者が出たため八代将軍吉宗はこの魂を供養しようと水神祭を催したのが始まりだったようです。

この頃の花火は間隔がありすぎて、次の一発が上がるまでの間に恋人との仲が結ばれてしまったようです……。上がった花火が二人の縁をとりもったのか、むしろ上がらない間が縁をとりもったのか本当にじれったい面白く楽しい暗い夜の明るい出来ごとだったかも……。

ああ、その頃にもう一度もどりたいネ――。

玉屋・鍵屋。
当時の花火師の屋号。
桜、大桜、牡丹、天下泰平の文字を打上げました。

# ♪　木遣《きや》りくずし

〽サー格子造《こうしづく》りに　御神燈下《ごじんとうさ》げて
兄貴《あにき》や家《うら》かと　姉《あね》ごに問《と》えば
兄貴や二階で　木遣《きや》りの稽古《けいこ》
音頭取《おんどと》るのは　アリャうちの人
エンヤラネ　サノヨイサ　エンヤラネ
エンヤラヤレコノセ　サノセ
アレワサ　エンヤラネー

〽サー目出度《めでた》目出度の　若松様《わかまつさま》ヨ
枝《えだ》も栄《さか》えて　アリャ葉《は》も繁《しげ》る

「木遣り唄」は「木遣り音頭」ともいい歌詞もお目出度いものと定められていました。

その後、木遣りは家の地突・石突、この作業にたずさわる梃者《てこもの》、鳶者《とびもの》、そして火消しが唄うようになり、やがて三味線にのせられて上方小唄となり江戸に入って「木遣りくずし」という俗曲に生まれた。

祭り嫌いは江戸っ子ではない。

まさに江戸は祭りの集中どこ、江戸庶民の酔狂というに等しいでしょう。

日本の三大祭りのひとつとされている「神田祭り」は二年に一度の本祭り、そして「山王《さんのう》祭り」が二大の「天下祭」と呼ばれました。このふたつは将軍のご観覧だったので輿しを担ぐ人達は燃えに燃えました。

なにも担ぐ人達ばかりではなく祭りで活躍したのが「鳶《とび》」の頭《かしら》です。火事や祭りには主役となり、喧嘩を止める義侠心を持ち、勇み肌でまさに男の中の男で、芝居の世界でも登場する「男伊達《だて》」です。

神田祭り、五月十五日。
山王祭り、六月十五日前後。
この他浅草三社祭（三月十八日）目黒不動尊（五月二十八日）深川富岡八幡（八月十五日）芝明神生姜祭り（九月十六日）。

木遣り唄の発生——
建仁二年（一二〇三）栄西上人が重いものを引く時自然に声をかけた、これが唄の形になった。↓伊勢木遣り↓祭り輿し。
天正十七年（一五八九）豊臣秀吉時代に京都大仏殿建立で大石を曳く時に石の上に登り木遣を唄った。笛、太鼓でハヤシたてたそうです。

## ♪ 夏《なつ》の暑《あつ》さ

〽夏《なつ》の暑《あつ》さに
すだれかかげて　縁《えん》のはし
そして　派手《はで》な浴衣《ゆかた》に
薄化粧《うすげしょう》
ほんのりと　桜色《さくらいろ》
引《ひ》き寄《よ》せて　ンあれさ

今も昔も夏の暑いのには変わりなく、当時の庶民の日々の暮らしは少しでも涼を求め、打水・うちわ・風鈴・すだれ・そして浴衣がけで縁側で刻を過しました。

外は目だか――金魚え――
エひゃら、ひゃっこイ――（水売り）
すいか売り――
うちわ売り――
冷奴売り――
ところてんやァ
かんてんや――
エー定斎屋でござい――

呼び声なしで静かにやって来るのは風鈴売り、売り物の風鈴自身が風にさそわれリンリーン――。

# 江戸の秋

四季折々の暮らしの中で江戸庶民は季節を感じ秋にはお月見や虫ききとしゃれていたんです。旧暦七月二十六日の「二十六夜待ち」から始まり八月十五日の「十五夜」九月十三日「十三夜」まで続いて江戸庶民は月見を楽しんだのです。

## ♪ 秋《あき》の夜《よ》

〽秋《あき》の夜《よ》は　長《なが》いものとは
まんまるな
月見《つきみ》ぬ人《ひと》の心《こころ》かも
更《ふ》けて待《ま》てども　来《こ》ぬ人《ひと》の
おとずるものは　鐘《かね》ばかり
数《かぞ》うる指《ゆび》も　ねつ起《お》きつ
私《わ》しゃ　照《て》らされて　いるわいな

月見の名所高輪大木戸。

月見のそもそもの始まりは縄文時代で、江戸時代に入ると盛んになったようです。中国では月餅を食べ日本ではお月見団子を食べます。

節《せつ》になるとすすきを江戸の町で売り歩き、買い求める人も多勢いたわけです。各家庭では団子を作り三方に飾り縁側で月の出を待ちながら一杯やるわけです。

また、秋の夜長を恋する人への待ちわびる刻《とき》を一人はりさけそうな思いでまん丸な月を眺めながら指を折り折り待っている……聞こえてくるのは鐘の音ばかり……。

このような情景がこの季節の江戸の暮らしなのです。

月月《つきづき》に　月見る月は　多けれど
月見る月は　この月の月

## ♪ 萩桔梗《はぎききょう》

〽萩桔梗《はぎききょう》　なかに玉章《たまずさ》　忍《しの》ばせて
月《つき》は野末《のずえ》に　草《くさ》の露《つゆ》
君《きみ》を待《ま》つ虫《むし》　夜毎《よごと》にすだく
更《ふ》けゆく鐘《かね》に　雁《かり》のこえ
恋《こい》はこうしたものかいな

万葉集の頃より、殿《との》に節《せつ》に咲く萩桔梗を送る時、玉章（恋文）を入れるのが風習だったようです。一際の秋景色を詠んでいるこの唄は、巡る季節と共に秋には虫の音を聞くのに日暮里や道灌山・飛鳥山に出掛けます。ムシロや毛氈を広げフクベの酒をかたむけ、暗い野原は野末を渡る風と、その虫の鳴く音で現在では味わえない情緒いっぱいの自然があったのです。

虫の名所地
道灌山＝松虫
飛鳥山＝鈴虫
「虫聞き」の光景は「江戸名所図会」にもその光景が見られます。
集まった人々は酒と肴を持ってムシロを敷いて楽しみました。
道灌山は現在の西日暮里の駅前の辺りです。
月見の場所としても最適の所だったようです。

# 江戸の冬

音もなくしんしんと外は降りつもる雪……。
ダルマ火鉢を囲み座敷の雪見障子を上げるとそこは銀世界、なんと静かな夜だこと……。
置きコタツに暖をとり
ああああの人どうしてるかナ……
どうすりゃいいのさ……しのびない
ああなんてやるせない夜だことよ……
なんて思ったりするのも江戸の冬だったのです。

# ♪ からかさ

〽からかさの　骨《ほね》はばらばら
紙《かみ》や　破《やぶ》れても
はなれ　はなれまいぞえ　千鳥《ちどり》がけ

〽三味線《しゃみせん》の　糸《いと》は切《き》れても
二人《ふたり》が仲《なか》は
切《き》れて　切《き》れて　切《き》れない　あの　深《ふか》い仲《なか》

〽おきごたつ　待《ま》てど来《こ》ぬ夜《よ》の
切《せつ》なさ　つらさ
積《つ》もる積《つ》もる想《おも》いの　窓《まど》の雪《ゆき》

古くから日本の暮らしの中に取り入れられています「からかさ」は、雨にしろ雪にしろ非常に情緒のある傘です。むしろ現代の世の中では、観光地の茶屋の軒先に大きく広がり、その下でおだんごやお茶を頂くのが当り前のようです。

昔は江戸にも雪景色が多く見られました。花柳界などで芸者の弾く三味線を耳にする曲です。

冬の夜の外はしんしん降る雪、待てど来ぬ人、待つ人のなんて、やるせなさよ……。古き良き時代の柳橋あたりかも！

# ♪　奴《やっこ》さん

〽エー　奴《やっこ》さんどちら行《ゆ》く
旦那《だんな》お迎《むか》えにさても寒《さむ》いのに供揃《ともぞろ》い
雪《ゆき》の降《ふ》る夜《よ》も風《かぜ》の夜《よ》も
お供《とも》はつらいネ　いつも奴さんは高《たか》ばしょり
アリャセコリャセ　それもそうかいな

〽エー姐《あね》さんほんかいな
衣々《きぬぎぬ》の言葉《ことば》もかわさず　明日《あす》の夜《よ》は
裏《うら》の窓《まど》には私一人《わしひとり》　あいずはよいか
首尾《しゅび》をようして　逢《あ》いに来《き》たわいな
アリャセ　コリャセ　それもそうかいな

アイーッ　奴さんだヨ……。

ひとむかしふたむかし、いやもっとむかし今の世にカラオケが流行する以前は、勤め帰りの会社の人とか普段は真面目な人も、忘年会など新橋のお座敷あたりでよく酒を飲み騒いだことがあったことでしょう。芸者さん、あるいはそこの女将とかが三味線を弾いて宴を盛り上げたに違いありません。

都内なら何処と問わずこの「奴さん」は、大衆に唄いはやされたお座敷唄の一級品です。下手も上手も唄うことの苦手な人も手拍子ぐらいは出来たはず！

今でも赤坂・神楽坂、そして新橋あたりの老舗料理屋などでは、すたれる事なく唄われています。

永遠の名曲の一つかも！

# ごぞんじ
# 名曲・名所どこは……

## ♪　紀伊《きい》の国《くに》

〽紀伊《きい》の国《くに》は　音無川《おとなしがわ》の水上《みなかみ》に
立《た》たせ給《たも》うは　船玉山《せんぎょくざん》
船玉十二社《ふなだまじゅうにしゃ》　大明神《だいみょうじん》
さて東国《とうごく》に至《いた》りては
玉姫稲荷《たまひめいなり》が　三囲《みめぐり》え
狐《きつね》の嫁入《よめい》り　お荷物《にもつ》を
かつぐは合力《ごうりき》　稲荷《いなり》さま
頼《たの》めばたまちの　袖摺《そですり》も
さしずめ今宵《こよい》は　町女郎《まちじょろう》
仲人《なこうど》は真先真黒黒《まっさきまっくろくろ》な
九郎助稲荷《くろうすけいなり》に　つまされて
子《こ》までなしたる信田妻《しのだづま》

## 「夕立や田を三囲《みめぐり》の神ならば」

この「紀井の国」がどうしてこの地に結びついたのかと言えば、作者が紀州の新宮藩士の関匡《ただす》、玉松千年人《ちねと》の両者の合作と伝えられております。「神下し」の祭文をくずして洒落めした内容です。全体的には江戸吉原を中心とした稲荷神社尽しの歌詞であり、狐の縁で和泉の信田狐が結びになっています。

石神井川を紀州にならって、音無川と名付けたという。東国とは江戸のことです

玉姫稲荷は現在浅草清川町にあります。袖摺稲荷は現在浅草馬道にあり、言われは着物の衽（おくみ）の形をしているので、衽稲荷とも呼ばれた。吉原（廓）も近いので人とひととの袖がすれあうほどだというので、袖摺稲荷と名が付いたそうです。

吉原周辺の稲荷神社
玉姫稲荷
九郎助稲荷
三囲稲荷
真崎稲荷
　・明石稲荷
　・開運稲荷

三囲稲荷（三囲神社）
隅田川七福神の大黒天や恵比寿天も祀られています。

## ♪ 有明《ありあけ》の

〽有明《ありあけ》の　ともす油《あぶら》は菜種なり
蝶《ちょう》がこがれて　逢《あ》いに来《く》る
もとをたゞせば　深《ふか》い仲《なか》
死《し》ぬる覚悟《かくご》で　来《き》たわいな
ハァ　ゼヒトモ　ゼヒトモ

〽今朝《けさ》も羽織《はおり》の　ほころびを
私《わ》しにぬえとは　気《き》が知《し》れぬ
いやな私《わたし》に　ぬわすより
好《す》いたあの娘《こ》に　たのまんせ

江戸の闇夜と言って、夜はかなり暗く、行燈《あんどん》に燈をともすのが常だったようです。一般庶民の家では有明行燈（一本燈心）を使い、お客が来る時は二本燈心を使っていました。裕福な家では一晩中ともる有明行燈を使用していました。

燈油は菜種油を使いました。当時の相場で米三升が油一升の値でした。

行燈の種類も数多くありました。

有明行燈、角行燈、遠州行燈（円筒が半回転する小堀遠州の考案）、掛行燈、田面《たのも》行燈、辻《つじ》行燈、たそや行燈、網行燈、丸行燈、金網行燈などです。

※辻行燈は＝江戸の町辻々に置かれていた。今の街灯に及びます。

※田面行燈＝吉原へ通う土手八丁に所々を照らしていました。

※たそや行燈＝吉原仲の町で「たそや」の遊女が殺害されその後所々に屋根形の中行灯を灯すようになりました。

## ♪　角力甚句《すもうじんく》

〽やぐら太鼓《だいこ》に　ふと目《め》をさまし
明日《あす》はどの手《て》で　投《な》げてやろ
トコドスコイ　ドスコイ　ドスコイ

〽やぐら太鼓《だいこ》に　ふと目《め》をさまし
今日《きょう》は　初日《しょにち》で　負《ま》けられぬ

〽西《にし》に富士《ふじ》ヶ峰《がね》　東《ひがし》に筑波《つくば》
中《なか》を流《なが》るる　隅田川《すみだがわ》

〽拙者《せっしゃ》この町《ちょう》に　用事《ようじ》はないが
貴殿《きでん》見《み》たさに　罷《まか》り越《こ》す
トコドスコイ　ドスコイ　ドスコイ

回光院
大相撲ゆかりの地でもあります。
富岡八幡宮
江戸勧進相撲の初めて行われた所でもあります。
初代・谷風梶之助
江戸時代の名横綱
初代・小野川喜三郎

## 「うす闇《ぐら》き　角力太鼓《すもうだいこ》や　角田川《すみだがわ》」

相撲の一番太鼓は早朝七つ頃（現在の午前四時）。隅田の川面を「ドントドンコドドンコドン」の響きは江戸の風物詩の一つで、川風に乗って遠くは品川・川崎はては、房総までも聞こえることがあったといいます。

## 「一年を二十日で暮らす良い男」

相撲は晴天興行なので、雨が降れば取り組み中止になりますから、いつも順延になり一年かかって二十日の相撲を終えることもあったのです。

江戸っ子の血を騒がせた最高の呼び物だったようです。

七代・稲妻雷五郎
八代・不知火諾右衛門
九代・秀ノ山雷五郎
十代・雲龍久吉
十一代・不知火光右衛門
十二代・陣幕久五郎
本場所＝回向院が定例だった（春・秋）十日間の場所
川柳にも詠まれた＝一年を二十日で暮らす良い男
当時は女性は相撲見物はできませんでした。それでも力士には女性に人気がありました。明治以後になって見物許可されました。

江戸の名横綱　寛政元年（一七八九年）
谷風梶之助（初代）
小野川喜三郎（初代）
共に十一月場所で第一号家元吉田家から許可されました。

## ♪ 海晏寺《かいあんじ》

〽あれ見《み》やしゃんせ　海晏寺《かいあんじ》
ままよ龍田《たつた》の　高尾《たかお》でも
およびないぞえ　紅葉狩《もみじがり》

〽あれ聴《き》かしゃんせ　あの端唄《はうた》
聞《き》くにつけても　思《おも》い出《だ》す
お前《まえ》と初《はじ》めて　逢《お》うた時《とき》

## 「海晏寺　真っ赤な嘘の　つき所」

この川柳のとおり江戸時代の頃から明治初期の頃までの事でしょう……。女房には海晏寺へ紅葉を見に行くと言い、家を出たがほんとは品川の色里へ行ってしまったのです。「真っ赤な紅葉そのままの真っ赤なウソ」だったのです。都合よく利用される海晏寺だったようです。

それほどに美しい紅葉だったとか、「江戸名所図会」にも取上げられております。吉原一の龍田の花魁、高尾大夫も綺麗だがそれよりももっと美しいというほど人気でした。当時は北の東陽山正燈寺と南の海晏寺もいずれ劣らぬ名所地でした。

建長三年（一二五一）この沖で大きな鮫が網にかかり、腹中から正観世音の木像があらわれました。鎌倉の北条時頼がこれを本尊とし同寺を建立したといいます。

## ♪ 夕暮《ゆうぐれ》

〽夕暮《ゆうぐれ》に　眺《なが》め見渡《みわた》す　隅田川《すみだがわ》
月《つき》に風情《ふぜい》を　待乳山《まつちやま》
帆《ほ》あげた船《ふね》が　見《み》ゆるぞえ
あれ鳥《とり》が啼《な》く　鳥《とり》の名《な》も
都《みやこ》に名所《めいしょ》が　あるわいな

江戸庶民はいつも自然に親しむ機会にめぐまれていました。

富士山・筑波山はどこからも眺められました。

北斎や広重にも描かれている隅田川を望む江戸の名所地、また景勝地として親しまれた待乳山聖天。

境内のあちこちに女性を象徴する二股大根と巾着をモチーフにした装飾が見ることができます。

正月七日は大根まつりで賑わいます。


♪この曲そのものは文政三年（一八二〇）の夏に五代松本幸四郎は五代岩井半四郎と一座を組んで生粋の江戸芸を見せるため上方に行きました。演目の「加賀見山」を演じた際には江戸気分を盛り上げにこの「夕暮」をむしろメリヤス（ＢＧＭ）代りに使用しました。

夕暮は待乳山あたりの夕景色を詠んだ、いかにも江戸情緒絶品の曲です。

## ♪ 花《はな》は上野《うえの》

〽花《はな》は上野《うえの》か　染井《そめい》のつつじ
今日《きょう》か明日《あす》かと　日暮《ひぐ》らしの
君《きみ》に王子《おうじ》の　狐穴《きつねあな》から
いろはの女郎衆《じょろうしゅう》に　招《まね》かれて
うつらうつらと抱《だ》いて根岸《ねぎし》の
身代《みがわ》り地蔵《じぞう》を横《よこ》に見《み》て
吉原《よしわら》五《ご》丁《ちょう》　廻《まわ》れば
引《ひ》け四《よ》つ過《す》ぎには　間夫《まぶ》の客《きゃく》
上《あ》がりゃんせ

# 春爛漫弥生の空に花見酒――。

昔も今も人々はこの季節になるとじっとしていられなくなり、まさに一年のうちでも心が躍る好季節です。

江戸の当時も上野のお山（上野公園）、隅田川堤（四代将軍家綱により植えられた桜並木）、そして隅田公園など特に美しかったようです。飛鳥山公園（八代将軍吉宗が整備）は自由な花見場所として庶民の憩いの場として喜ばれました。

また王子の稲荷神社は関東の総社としてその歴史は古く、大晦日の夜、関八州の狐が集まって来ると伝えられた、「キツネ穴」が境内にあります。

色里吉原は昼のお客（間夫《まぶ》＝ヒモの意）が見えるのもしばしばだったとか……。

夜の大勢さんいる時より朝か昼に行った方がそりゃよかろ……。

## ♪ 槍《やり》さび

〽槍《やり》は錆《さ》びても名《な》は錆《さ》びぬ
昔《むかし》忘《わす》れぬ　落《おと》し差《ざ》し
エー　サァサ　ヨイヨイ
ヨイヨイエー　ヨンヤサー

〽石《いし》は錆《さ》びても名《な》は錆《さ》びぬ
昔ながらの　泉岳寺《せんがくじ》

幕末の頃、歌沢笹丸が取りあげた唄を、歌詞を改め歌沢節に節付をしたものが、今に唄われてます槍さびです。

意味として今は浪人して落ちぶれて槍はさびたものの昔は名のある武士でその名は錆びることなく忘れぬよう落し差しに刀をさしているという意。あまり関係はないが二番の詞に対して泉岳寺の関わりを書きました。

泉岳寺は曹洞宗の名刹で、播州（兵庫県）赤穂城主浅野家の菩提寺でもあります。今も語り継がれている赤穂浪士……。仇討を遂げて引き上げて来た寺でもあります。寺には浪士の墓が並んでいます。赤穂藩の家老大石内蔵助《おおいしくらのすけ》以下四十六士の墓です。今でもお香が絶えません。

川柳に「それまでは只《ただ》の寺なり泉岳寺」とありますが、仇討ちした赤穂事件の墓ができなかったならば、今の世でもこれほど有名にはならなかったでしょう。今では毎年十二月十四日に赤穂浪士をしのんで赤穂義士祭が開かれ多くの人が手を合わせます。

歌詞の一番の解説にあやかって二番の詞の意味も浪士の墓（石）にその想いが刻まれている。現在の世の中でもその名は脈々と語りつがれております。

すなわち名は錆びぬ……の意。

泉岳寺
慶長十七年（一六一二）港区赤坂一丁目に創建されましたが寛永十八年（一六四一）に現在の高輪二丁目に移転。

# ♪ 芝《しば》で生《うま》れて

〽芝《しば》で生《うま》れて　神田《かんだ》で育《そだ》ち
今《いま》じゃ火消《ひけ》しのアノ　纏《まと》い持《も》ち

〽金《かね》の中にも　いらない金《かね》は
かねがね気《き》がねにアノ　明《あ》けの鐘《かね》

〽猫《ねこ》の子猫《こねこ》の　子猫《こねこ》の猫《ねこ》の
猫《ねこ》の子猫《こねこ》のアノ　三毛猫《みけねこ》の子《こ》

## 「火事と喧嘩は江戸の華」

火事が起きると火消し達は「ソレッ早く」とばかり燃えてる建物の屋根に上り纏を立ちあげます。組の名前のメンツもあるのでとにかく一番乗りしたいわけです。纏持ちが纏を立て「消し札《ふだ》」の竿を今自分のいる場所へ立てます。この消し札には組の名がわかるように書いてあるので、他の組の纏持ちは別の場所に陣取り順に消し札を立てます。

火が消えたあとにそれを見ればどこの組が一番先に消したかがすぐわかるわけです。

纏持ちは火事場のスターでもありました。逆にいえば火の手が上ると血が騒ぎ、胸がワクワク躍《おど》り出していたかもしれない！

命がけの仕事は江戸っ子の感動を大いに高めました。

組は四十八組
「いろは」の文字から取っています。
纏持ちはその組毎に美男子が選ばれます。
ですから各組競って美男子確保に奔走しました。

## ♪ 青柳《あおやぎ》

〽青柳《あおやぎ》の陰《かげ》に誰《たれ》やら居《い》るわいな
人《ひと》じゃごんせぬ　おぼろ月夜《づきよ》の
エー　影法師《かげぼうし》

〽春《はる》の夜《よ》に雪《ゆき》がちらちら降《ふ》るわいな
雪《ゆき》じゃござんせぬ　あれはお庭《にわ》の
エー　こぼれ梅《うめ》

## 怖～い怪談の最初《はしり》の音曲

この曲は芝居小唄の最初《はしり》ともなっているもので、明治十九年（一八八六）千歳座の出し物です。五代目菊五郎の死神役「加賀鳶」の狂言の場で、浄瑠璃を使っての大芝居が大好評を呼びました。江戸に伝わる四谷怪談なども最初に芝居となったのは、文政八年（一八二五）中村座（現在、猿若町）でした。

四世鶴屋南北作、歌舞伎「東海道四谷怪談」、佐門町にはお岩を祀ってる於岩稲荷があります。

## ♪ 春雨《はるさめ》

〽春雨《はるさめ》にしっぽり濡《ぬ》るる鶯《うぐいす》の
羽《は》かぜに匂《にお》う　梅ヶ香《うめがか》や
花《はな》にたわむれ　しをらしや
小鳥《ことり》でさえも　一筋《ひとすじ》に
寝《ね》ぐら定《さだ》めぬ　気《き》はひとつ
私《わた》しゃ鶯《うぐいす》　主《ぬし》は梅《うめ》
やがて身《み》まま気《き》ままになるならば
サー鶯宿梅《おおしゅくばい》じゃないかいな
サーサなんでもよいわいな

背景

　江戸端唄の名曲中の名曲で廓の遊女がわが身を鶯に好いた男を梅にたとえて一日も早く男と世帯を持ちたいという心情を唄ったものだそうです。幕末の神道家柴田花守（一八〇九～九〇）が長崎丸山の茶屋（花月）に遊んだ時に作詞したものだそうです。

　丸山の芸妓が節付したといわれています。

# 廓《さと》の賑《にぎ》わい

並木駒形
深川節
新内流し
逢初桜
吉原さわぎ

「世の中は　暮れて廓は　昼となり」
「闇の夜は　吉原ばかり　月夜かな」

　別世界・不夜城《ふやじょう》の吉原を詠んでいるものは数多くあります。江戸の町人文化は吉原をさておいては語れない……。

　語りつくせないほど、長い歴史の吉原にいつも江戸っ子の男達は夢と憧れを持っていたのである。

「廓《くるわ》がよいはやめられぬ」
　太夫《たゆう》や花魁《おいらん》と呼ばれる遊女たちを一目見ようと花の吉原に向かうのでした。

　花魁《おいらん》の語源＝新造や禿《かむろ》が仕える高級遊女を「おいらの姉様」と呼ぶところから始まったといわれています。

♪　並木駒形《なみきこまがた》

〽並木駒形花川戸《なみきこまがたはなかわど》　山谷堀《さんやぼり》からちょいと上《あが》り
長《なが》い土手《どて》をば　通《かよ》わんせ　おいらんがお待《ま》ちかね
お客《きゃく》だよ　アイアイ

〽花《はな》の吉原仲《よしわらなか》の町《ちょう》　太鼓末社《たいこまっしゃ》や　お取巻《とりま》き
浮《う》いた浮《う》いたで　上《あが》りゃんせ　お二階《にかい》でお手《て》がなる
お酒《さけ》だよ　アイアイ

「一本も　並木も見えぬ　賑やかさ」

などと昔の川柳に詠まれておりますが、それが桜並木なのか松並木(注)だったのか二つの説があったようです。はっきりしてないのがこれまた歴史の流れとでもいうのでしょう。現在の雷門から駒形堂に至る通りの両側の門前町です。たしかに昔はこの通りを歩いて吉原のお座敷へ足を急がせたのでしょう。その頃にタイムスリップして粋な三味の音色に合わせて唄ってみたいものです。

さぁさ　お客だヨー

ハイハイ——

太鼓末社＝太鼓持ちの事です。太鼓持ちは男芸者のことです。

（注）＝松並木は三代将軍（家光）の末までにあったようです。

## ♪　深川節《ふかがわぶし》

〽龍《かご》でサッサ行《ゆ》くのは　吉原通《よしわらがよ》いサテ
　降《おり》る衣紋坂《えもんざか》アレワイサノサ　いそいそと
　大門口《おおもんぐち》をながむれば　深《ふか》い馴染《なじ》みが
　アレワイサノサ　お楽《たの》しみ

〽猪牙《ちょき》でサッサ行《ゆ》くのは　深川通《ふかがわがよ》いサテ
　あがる桟橋《さんばし》のアレワイサノサ　いそいそと
　客《きゃく》の心《こころ》は上《うわ》の空《そら》　とんで行《ゆ》きたい
　アレワイサノサ　主《ぬし》のそば

## 辰巳《たつみ》よいとこ　素足があるく
## 羽織《はおり》や　お江戸のほこりもの

江戸城の辰巳の方位（東南方）にある深川仲町をさしています。富岡八幡宮が創建（寛永四年、一六二七）されると深川が栄えていきました。茶屋ができ飯盛女を置くことが黙認されたことによって、更にその繁栄に拍車をかけ、岡場所の発生につながっていったのです。

この頃から江戸の各地に町芸者があらわれ、どうせ遊ぶなら縁起の良い方向、辰巳へと江戸の男達は足を向けたのです。ある者は歩きで、ある者は吉原あたりから猪牙《ちょき》舟《ぶね》で深川（辰巳芸者）へと急いだのです。

衣紋坂《えもんさか》――吉原へ遊びに行く時、いよいよ廓が近くなった時、自分の身なりをきちんと正したところからこの名がつきました。

大門《おおもん》――吉原廓の大木戸で入口のこと。

深川の名のおこり

慶長（一五九六～一六一五）の頃、伊勢出身の深川八郎右衛門が、この地に来て新しく開拓したことから深川の地名が生まれました。

♪

# 新内流《しんないなが》し（演奏のみ）

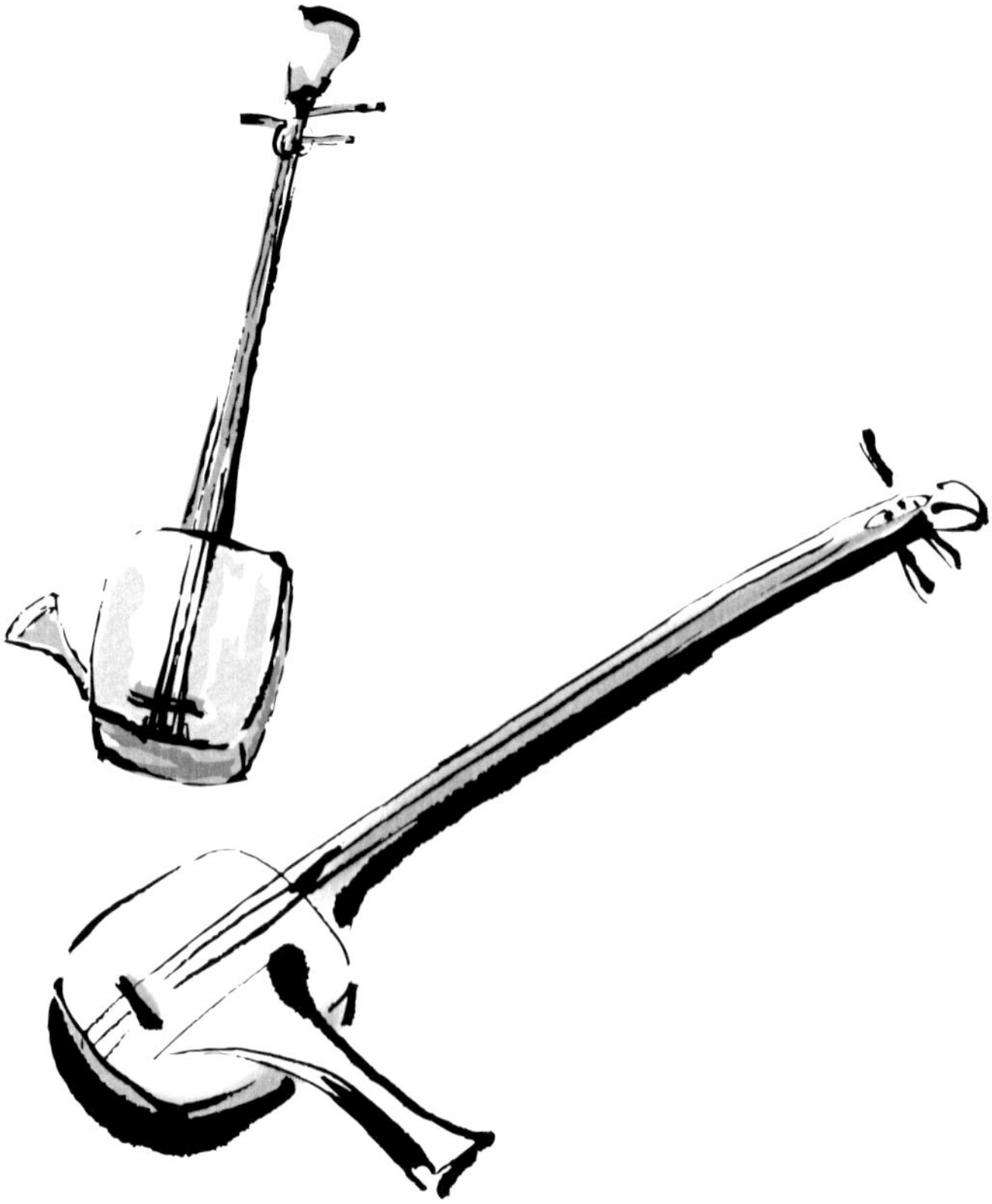

江戸の夜。

三味線弾きは二人連れの新内流し。

三下りの哀切な曲を唄いながら江戸の夜の町を通り過ぎて行きます。そして夜の深まる中を竹笛を吹き鳴らしながら按摩《あんま》、夜回りの拍子木と火の用心。

吉原がひけたあとの暗闇の交響曲ならぬこれも江戸の音だったのです。

# ♪　逢初桜《あいぞめざくら》（作詞作曲　鶴家奏英）

〽花の吉原《よしわら》　逢初桜《あいぞめざくら》
今宵逢瀬《こよいおうせ》を　待《ま》ち焦《こ》がれ
夢《ゆめ》かうつつか　うつつか夢《ゆめ》か
通《かよ》い通《かよ》うて　馴染《なじみ》になりて
深《ふか》き思《おも》いの　一本桜《ひともとざくら》

〽恋《こい》に焦《こ》がれた　初嬉《はつうれ》しさに
悋気《りんき》でくよくよ　見返《みかえ》り柳《やなぎ》
衣紋《えもん》つくろて　大門《おおもん》くぐり
流《なが》す清掻《すががき》　簾《すだれ》の中《なか》で
花の道中《どうちゅう》　外八文字《そとはちもんじ》

百年ぶりに江戸の遊郭のロマンを今に！

恋に焦がれ一途に通い通った男達の遊女への深き思い……。江戸の遊郭（新吉原）の「逢初桜《あいぞめざくら》」が百年ぶりによみがえった。（中略）日本画家で江戸風俗研究家の三谷一馬（一九一二〜二〇〇五）の著書『江戸吉原図聚』によると遊郭の入口の「大門」近くの「吉原稲荷」境内から枝を伸ばす桜の姿と「逢初桜」の文字がある。伝承に基づいて描いたものとみられる。明治末期の一九一一年四月吉原大火で焼失したとみられる。（東京新聞二〇一三年二月一九日）……この記事を見てこれだ――と思い私がイメージを膨らませ創作した曲です。いわば新作端唄です。

# 江戸四宿と明治・大正・遊里のはやりうた

江戸四宿
一宿一飯《いっしゅくいっぱん》
さんざん　さわいで　旅に出た

♪二上り甚句
♪大津江
♪品川甚句

♪さいさい節
♪都々逸
♪潮来出島

♪お江戸日本橋
♪ぎっちょんちょん
♪潮来節

♪お伊勢参り
♪二上り新内
♪玉川

♪東雲節
♪ほれて通う
♪なすとかぼちゃ

♪猫じゃ猫じゃ
♪浅草まいり
♪かっぽれ

♪きんらい節

江戸時代から明治・大正にかけ、江戸四宿や遊里などで三味線伴奏《ばんそう》を主に遊客と共に唄い育まれてきた、俗曲・さわぎ唄です。

そこには数知れずの庶民歌謡がありますが、紙面の都合でほんの一例を掲載しました。

その頃に思いを馳せていますと小生には宿場も遊里も、遊客の求めている一時《ひととき》の楽しみは理屈ぬきにしてそれは「唄」だったと思えるのです。

## 品川宿

品川宿は東海道第一番目の宿場であり北本宿と南本宿がありました。北本宿は飯盛女のいる岡場所で賑わっていました。現在は聖蹟公園で本陣のあった所です。当時は百軒あまりの旅籠があり千五百人もの飯盛女がいたといいます。その旅人を相手に廓は弦歌の聞こえない日がないほど昼も夜も賑わったことでしょう。

そういった名残を懐古してか、今では毎年九月に宿場祭りが北品川商店街で行われています。江戸にタイムスリップしたかのように武士、旅人、遊女に扮した人々が街をそぞろ歩くのです。

## 千住宿

江戸の東の玄関口で奥州への起点であり、逆に奥州からはるばるやって来た旅人は千住大橋を渡って、江戸の町の賑やかさを目にしてさぞや驚いたことでしょう。「千住通らばまん中通れ右も左も茶屋だらけ」の言われたように遊女に袖を引かれるから、その気のない者は道の真ん中を歩いた方が安全ということだったようです。いかに賑わっていたか想像がつきます。しかも茶屋や旅籠では二人以上の客が寄って酒を飲めば、それこそ皿やドンブリの縁を箸などで拍子を取りながら必ずといってよいほど、賑やかに浮き立つ「二上り甚句」など唄われたようです。

「行く春や鳥啼き魚の目は泪」
俳人・松尾芭蕉もどれほどの想いを胸に旅に出たことでしょう。

## 板橋宿

中仙道の宿駅で日本橋から二里半（約十㎞）面白い地名の由来として……石神井川に架かる小橋・板橋とは縁切榎によりて起るなり。とあり、この橋が地名となりました。宿場は平尾・中宿・上宿の三つの町に別れており、面白いのは中宿の縁切榎があり、一分でも二分でも早く夫婦の縁を切るため願かけている絵馬などがあります。

## 内藤新宿

四宿のうちで一番新しい宿場でした。もともとは甲州街道の最初の宿場は高井戸でした。しかし江戸が東側へ発展して行ったので、江戸の中心から余りにも遠くなってきたのでその手段として中間地に宿を設けました。信濃高遠藩内藤家の下屋敷でありましたが、内藤家の一部を割いて設けられました。現在の新宿御苑です。

宿場の岡場所として大いに賑わいました。茶屋が軒を連ねる遊女も数多くそこには遊客相手にさまざまな絃歌も唄われたことでしょう。

飯盛女、百五十人、新選組近藤勇も立ち寄りました。

幕府は江戸における色里は吉原だけで他は認めませんでした。しかし四宿では宿場女郎を黙認していました。

吉原の遊女を花魁（おいらん）と言って、他の岡場所の遊女を女郎（じょろう）と言いました。

## ♪ 二《に》上《あが》り甚句《じんく》

〽サー　花《はな》が蝶々《ちょうちょ》か　蝶々《ちょうちょ》が花《はな》か
来《き》てはちらちら　迷《まよ》わせる
ハア　コリャコリャコリャ

〽目出度《めでた》目出度《めでた》の　若松様《わかまつさま》よ
枝《えだ》も栄《さか》えて　葉《は》もしげる

〽酔《よ》うた酔《よ》うたよ　五勺《ごしゃく》の酒《さけ》で
一合《いちご》飲《の》んだら　なじょでやろ

〽花は吉野《よしの》と　世間《せけん》で言えど
粋《いき》な桜《さくら》は　仲之町《なかのちょう》

唄い方のコツ

　サーの唄い出しの音は自分の一番高い所と思って声を張り上げますと次の節《フシ》が意外と唄いやすくなります。とても気分の良い唄になります。

背景

　宿場・旅籠・茶屋などで旅人をはじめ遊客などが一日の仕事を終えまず一杯。酒盛りが始まるとこの二上り甚句を浮き立つ三味線の伴奏で唄い騒いだことでしょう。二〜三人寄れば知らぬ同志の手拍子が始まり、「旅は道づれ世は情け」にかわっていくわけです。

# ♪ さいさい節

〽梅《うめ》と並《なら》んで　むつまじそうにサ
夫婦《ふうふ》きどりでコラサノサ
　福寿草《ふくじゅそう》　サイサイ

〽よせばよかった　舌切《したき》り雀《すずめ》サ
チョイトなめたがコラサノサ　身《み》のつまり
サイサイ

〽雪《ゆき》をかぶって　ねている笹《ささ》をサ
来《き》ては雀《すずめ》がコラサノサ　ゆり起《おこ》すサイサイ

唄い方のコツ

　酒席の騒ぎ唄だけにあまり気取らず手拍子にのって明るく楽しくその場を盛り上げるような気持で唄います。

　歌詞もなかなか面白いですネ！

背景

　幕末の頃より酒の座敷で唄われ全国的に広まりました。

　落語の三遊亭円遊（先代）も口ずさんだことでも有名です。

## ♪ お江戸日本橋《えどにほんばし》

〽お江戸日本橋《えどにほんばし》七《なな》ッ立《だ》ち　初上《はつのぼ》り
行列揃《ぎょうれつそろ》えて　アレワイサノサ　コチャ
高輪夜明《たかなわよあ》けの　提灯消《ちょうちんけ》す　コチャエ　コチャエ

〽お前待《まえま》ち待《ま》ち蚊帳《かや》の外《そと》　蚊《か》に喰《く》われ
七《なな》ッの鐘《かね》の鳴《な》るまでも

〽お前待《まえま》ち待《ま》ち夕暮《ゆうぐれ》に　格子先《こうしさき》
十時《じゅうじ》の時計《とけい》の鳴《な》るまでも

日本橋は日本橋川に架かっている橋で慶長八年（一六〇三）に初めて架けられました。以後約二十回に及ぶ架け替えがありました。現在の橋は明治四十四年（一九一一）に竣工されたといいます。

「日本橋の」の文字は十五代将軍徳川慶喜の書によると言われています。

街道の起点でもあり、その昔から「お江戸日本橋七ッ立……」と唄われております。が、この意味は朝のまだ夜が明けぬうち、旅へ出発する丁度品川（高輪）あたりへ着く頃、東の空が白々と明けて来るので、お供の灯り提灯を消すわけであります。お殿さんも行列さんも旅の時間の目安としてそれが自然だったのです。

サーサ次の宿場へ急がなくちゃ……！

# ♪ お伊勢参《いせまい》り

〽お伊勢参《いせまい》りに石部《いしべ》の茶屋《ちゃや》であったとさ
可愛《かわ》い長右衛門《ちょうえもん》さんの
岩田帯《いわたおび》しめたとさ
エッササノ　ッササノ　エッササノサ

〽雪《ゆき》のあしたの入谷《いりや》の寮《りょう》であったとさ
かわいい直《なお》はんの膝《ひざ》にもたれて泣《な》いたとさ
風に鳴呼《なるこ》の音《おと》たかく

〽振袖姿《ふりそですがた》のゆすりに来たがバレたとさ
腕《うで》に桜のほりものが見えたとさ
弁天小僧菊之助《べんてんこぞうきくのすけ》

唄い方のコツ

内容とは逆にこの曲の場合は陽気にさらりと唄いあげた方が聞く人に伝わりやすいかも。

背景

古くからうたわれている曲で長右衛門は京都虎石町の帯屋の主人で、お半は隣家の信濃屋の娘。お伊勢参りの途中石部（滋賀県）の宿でふとした縁で親子ほども違う年齢なのに恋仲となり、ただならぬ身体になったお半を背中に長右衛門は桂川で心中するといった内容の事で浄瑠璃の芝居です。

# ♪　東雲節《しののめぶし》

〽何《なに》をくよくよ川端柳《かわばたやなぎ》
こがるるなんとしょ
水《みず》の流《なが》れを見《み》て暮《く》らす
東雲《しののめ》のストライキ
さりとはつらいネ
てなことおっしゃいましたかネ

〽自由廃業《じゆうはいぎょ》で廓《くるわ》を出《で》たが
こがるるなんとしょ
行《ゆ》き場《ば》がないのでくずひろい
東雲《しののめ》のストライキ
さりとはつらいネ

唄い方のコツ
　俗曲とはいえど流行歌でも唄うようにさらりと唄いあげるとこの唄の雰囲気が出ます。あまり興味のないような人でもすぐに楽しく入れるような曲はこれです！

背景
　明治三〇年代に名古屋の旭新地遊郭の東雲楼と熊本の二本木遊郭東雲楼に娼妓のストライキがあって「東雲のストライキ　さりとはつらいネ」と囃したのでこれが大流行しました。

てなことおっしゃいましたかネ

〽汽車《きしゃ》は出《で》て行《ゆ》く煙《けむり》は残《のこ》る
こがるるなんとしょ
残《のこ》る煙《けむり》がしゃくの種《たね》
新橋《しんばし》のステイショで
別《わか》れがつらいネ
てなことおっしゃいましたかネ

## ♪ 猫《ねこ》じゃ猫《ねこ》じゃ（蝶々とんぼ）

〽猫《ねこ》じゃ猫《ねこ》じゃと　おっしゃいますが
猫《ねこ》が猫《ねこ》が下駄《げた》はいて
絞《しぼ》りの浴衣《ゆかた》で　来《く》るものか

〽蝶《ちょうちょ》々とんぼや　きりぎりす
山《やま》で　山《やま》でさえずるのが
松虫《まつむし》　鈴虫《すずむし》　くつわ虫《むし》
オッチョコチョイノチョイ
オッチョコチョイノチョイ

唄い方のコツ
伴奏がはずんでいますので手拍子にのって楽しく歯切れよく声を出します。
ユーモラスな歌詞でいかにも笑い転げてしまいそう――。初心の方でも直ぐに唄えます。

背景
幕末頃に江戸で流行しました。
猫は間夫《まぶ》のことで旦那の留守に逢引をしていた妾の所へ旦那が不意に訊ねて男を押し入れへ隠すが、下駄を隠すのを忘れてとがめられ「猫が下駄をくわえて来たんでしょう」と言うのを旦那が「猫じゃ猫じゃと言うがこのごろの猫は下駄はいて杖をついて絞りの浴衣を着るのかネ」
まことに落し話です。

# ♪　きんらい節

〽擂鉢《すりばち》を伏《ふ》せて眺《なが》めりゃ　三国一《さんごくいち》の
味噌《みそ》を駿河《するが》の　富士《ふじ》の山《やま》
キビスガンガン　イガイドンス
キンギョクレンスノ　スクネッポ
スッチャンマンマン　カンマイカイノ
オッペラボーノ　キンライライ
そうじゃおまへんか
あほらしいじゃ　おまへんか
〽千両箱《せんりょうばこ》　富士《ふじ》の山程《やまほど》積《つ》んではみても
冥土《めいど》のみやげにゃ　なりゃしない

唄い方のコツ
　調子のよい三味線伴奏にのり騒ぎ唄なので、聞いてくれる人達も一緒に唄える唄です。特にキビスガンガン～オッペボーノ　キンライライまで楽しく唄いあげます。

背景
　明治二十二～三年頃寄席が盛んになってきて落語家の芝楽が寄席で唄い出し江戸市中遊里などでも大いに唄われました。
　意味不明で扇情的な囃子が面白いです。

# ♪　大津絵《おおつえ》

〽大阪《おおざか》を立《た》ち退《の》いて　私《わたし》の姿《すがた》が目《め》にたゝば
借《か》りかごに身《み》をやつし奈良《なら》の旅籠《はたご》や
三輪《みわ》の茶屋《ちゃや》五日《ごにち》三日《みっか》と日《ひ》を送《おく》り
二十日《はつか》余《あま》りに四十《しじゅう》　両《りょう》
使《つか》いはたして二分残《にぶのこ》る
金《かね》より大事《だいじ》な忠兵衛《ちゅうべえ》さん
科人《とがにん》にならしゃんしたも　みんな私《わたし》ゆえ
さぞやお腹《はら》もたちましょうが
因念《いんねん》づくじゃと諦《あきら》め下《くだ》しゃんせ

唄い方のコツ

渋いお声の方に合いそうな曲です。いかにもその頃の時代が見えてくるように想像しながら説《と》いて行くように唄います。

背景

江戸時代近江国（滋賀県）大津の街道筋の宿で旅人の土産に仏画を売っていた。この絵を見て独特な一つの唄に仕上げていったのが土地の廓の遊女達でした。これが大津絵節だったのです。以後幕末に江戸で流行しその後は全国的に唄われました。

## ♪ 都々逸《どどいつ》

〽文《ふみ》のかけ橋《はし》　おとずれ絶《た》えて
　中《なか》を流《なが》るる　なみだ川《がわ》

〽三千世界《さんぜんせかい》の　カラスを殺《ころ》し
　主《ぬし》と朝寝《あさね》がしてみたい

（高杉晋作が作ったものといわれます）

〽江戸で都々逸　越後でくどき
　上州追分《じょうしゅうおいわけ》とどめさす

（都々逸が江戸で大流行し越後（新潟）でも唄われたいわば民謡の分野からも推察できます）

唄い方のコツ

　歌詞が主体なので三味線は随所に決まった型の音を弾くわけです。七、七、七、五を語るように唄うと顔を見てるだけで伝わっているということがひしひしと解《わか》り見えてきます。

背景

　都々逸のおこりは「よしこの節」から。寛政（一八〇〇年）頃名古屋の熱田で流行してた「神戸節《ごうどぶし》」の唄のハヤシ「そいつはどいつじゃドドイツドイドイ」が「どどいつ」という名称になり大流行をもたらしたのは、都々逸坊扇歌が天保の頃江戸で評判になってからです。坊扇歌は三歳で芸道に入り後年江戸で大人気をとりました。

## ♪ ぎっちょんちょん

〽高《たか》い山《やま》から　谷《たに》そこ見《み》れば
　ギッチョンチョン　ギッチョンチョン
うりやなすびの花盛《はなざか》り
オヤマカドッコイ　ドッコイドッコイ　ヨー
イヤナ

〽お前一人《まえひとり》と　定《さだ》めておいて
浮気《うわき》や　その日《ひ》の　出来心《できごころ》

〽丸《まる》いたまごも　切《き》りよで四角《しかく》
ものも言《い》いよで　角《かど》がたつ

唄い方のコツ

　三味線のメロディーと唄の節《ふし》が同音程なのであまり気取らずに直ぐに楽しく唄がマスターできる部類の曲です。
　とても楽しい唄になります。

背景

　明治の中頃より演歌師はじめ酒席の座などでも唄われました。騒ぎ唄として理屈ぬきで囃し詞《ことば》が面白く誰でも唄える唄だけに現在も愛唱されています。

## ♪　二《に》上《あが》り新内《しんない》

〽悪止《わるど》めせずとも　そこはなせ
明日《あす》の月日《つきひ》がないじゃなし
止《と》めるそなたの　心《こころ》より
帰《かえ》る此《こ》の身《み》が
マ　どんなに　辛《つら》かろう

唄い方のコツ
　詞の一節《いっせつ》一節をかみしめて相手（聞いてくれる人）を説得していく唄い方の方が良いかも。

背景
　積もった話もつきなく、帰したくない男心。でも帰る私の方がどれほど辛いことか…明日の月日だってあるでしょう。
　男女の切ない恋情念を唄っているのか…。

# ♪ ほれて通《かよ》う

〽ほれて通《かよ》うに　何怖《なにこわ》かろ
　今宵《こよい》も　逢《あ》おうと
闇《やみ》の夜道《よみち》を　唯《ただ》ひとり
先《さき》ゃさほどにも　思《おも》やせぬのに
　こちゃのぼりつめ
エー山《やま》を越《こ》えて　逢《あ》いに行《ゆ》く
どうした縁《えん》で　彼《か》の人《ひと》に
毎晩《まいばん》逢《お》うたら　嬉《うれ》しかろ
　ササどうすりゃ添《そ》われる
縁《えん》じゃやら　じれったいネ

唄い方のコツ

自分があの若い頃に振返ってみてあの思いを素直に語れるように唄うと味が出ます。

背景

相手はそれほどに思っていないのにただ一途に燃えてる女心のやるせなさいつまでつづくの私のこのじれったさ…。

ネエーどうすりゃいいのさ…。

男も女も遅かれ早かれ恋人ができるとその思いにいつも心は切ないものです。

# ♪　浅草詣《あさくさまい》り

〽浅草詣《あさくさまい》り　蔵前通《くらまえとお》れば　お菰《こも》がせがむ
付《つ》くな付《つ》くな　付《つ》くな付《つ》くな　エエ付《つ》くな
おくんなさい　あるのないのと
おっしゃるような　ご人体《じんたい》じゃない
長井《ながい》兵助《ひょうすけ》　居合《いあ》い抜《ぬ》き
成田八幡《なりたはちまん》　駒形屋《こまがたや》　そこな雷門《かみなりもん》に
飛《と》んだり　跳《は》ねたり　踊《おど》ったり
おもちゃ仲見世《なかみせ》　四十二軒《しじゅうにけん》
ござれ参《まい》りましょ　御本尊《ごほんぞん》に参詣《さんけい》して
あとは奥山見物《おくやまけんぶつ》　こん独楽回《こままわ》し
騒《ぞめ》きはやして　花屋敷《はなやしき》

唄い方のコツ
　歌詞をハッキリと歯切れよく言い聞かせるように唄うととても楽しい唄になります。

背景
　この唄は長唄の「越後囃子」の中の一節「なんたら愚痴だえ〜越後の獅子は」のメロディーにのせて浅草の観音様参りの当時の賑わいを唄ったもので、大変面白く平成生まれの人達にも昔の様子が想像つくことと思われます。

# ♪ 品川甚句《しながわじんく》

〽小窓《こまど》開《あ》くれば　品川沖《しながわおき》を
鴨八百羽《かもはっぴゃっぱ》　小鴨《こがも》が八百羽《はっぴゃっぱ》
入船八百艘《いりふねはっぴゃくそう》　荷船《にふね》が八百艘《はっぴゃくそう》
帆柱八百本《ほばしらはっぴゃっぽん》　あるよあるよ
朝来《あさき》て昼来《ひるき》て晩《ばん》に来《き》て
来《き》てこんとは偽《いつわ》りな
来た証拠《しょうこ》にゃ　目《め》がちょっとだれちょる
酒飲《さけの》んだ　だれよとだれよが　違《ちが》ちょる
ハッハー　違《ちが》ちょる違《ちが》ちょる
きりかっぱ　どてしょってこい　ちょろ
ちょろね

唄い方のコツ

　騒ぎ唄だけにまず気取らず手拍子にのせてあとは楽しく声を出すと良いでしょう。

　ハイできあが〜り♯

背景

　品川宿は東海道を旅する人達で大変賑わった所です。人が集まれば仲間もできたろうし気持がうちとけてくるとまず一杯と酒を酌み交わす。そこには酒のつまみに調子のいいこの品川甚句が唄われたことでしょう。

　もともと品川は遊芸の町でしたが横町で何でも教える「ごもくお師匠さん」の町でした。

　この品川甚句もこういった師匠さん達がお弟子さんに教えてそれが又このように流行《はや》ってきたのも当然かも……。

## ♪ 潮来出島《いたこでじま》

〽潮来出島《いたこでじま》の　真菰《まこも》の中《なか》で
　あやめ咲《さ》くとは　しおらしや
　　サーヨンヤサ　ヨンヤーサー
〽花《はな》はいろいろ　五色《ごしき》に咲《さ》けど
　主《ぬし》に見返《みかえ》る　花《はな》はない

## ♪ 潮来節《いたこぶし》

〽潮来好《いたこす》く奴《やつ》ぁ　頭《あたま》で知《し》れる
藁《わら》で束《たば》ねた　洗《あら》い髪《がみ》
〽潮来好《いたこす》くよな　浮気《うわき》な主《ぬし》に
惚《ほ》れた私《わたし》の　身《み》の因果《いんが》

唄い方のコツ

　落ち着いた雰囲気のある唄なのでいかにも潮来のお座敷で芸者さんと三味線を弾いて稽古をしてるように……。

　唄えないようでも引っ張ってもらってると、アラ不思議私でも唄えるワ……。

背景

　茨城県行方郡潮来の田舎唄が天明寛政の頃江戸の遊里で流行しました。

　水戸光圀公が潮来遊郭を許可し遊客をいかに増やすか思案しそれで思いついたのが光圀自筆の扇子を江戸の業者に二万本を発注。取りに行かずそのままという扇子を利用してお客を誘致する計画をしたということです。

　あやめ＝遊女のことです。

# ♪ 玉川《たまがわ》

〽玉川《たまがわ》の水《みず》にさらせし　雪《ゆき》の肌《はだ》
積《つも》る口説《くぜつ》の　その内《うら》に
とけし島田《しまだ》の　もつれ髪《がみ》
思《おも》い出《だ》さずに　忘《わす》れずに
又《また》来《く》る春《はる》を　待《ま》つぞえ

唄い方のコツ

　貴女のきれいなその雪肌にまた逢いたい、そのような気持を込めて唄います。説得しながらの気持で。

背景

　玉川は多摩川の事で徳川家康が江戸の人達の命の源として飲料水の供給をなしました。

　清らかなその水に晒す多摩の美しい女性の肌は雪のように白い。

　そうした女性との口説を思い出さずに忘れもせずに又の逢瀬を待っている……。

# ♪ なすとかぼちゃ

〽背戸《せど》のナ段畑《だんばたけ》で　茄子《なす》と南瓜《かぼちゃ》の
けんかがござる　南瓜《かぼちゃ》もとより
いたずらものだよ　長《なが》い手《て》を出《だ》し
茄子《なす》の木《き》にからみつく
そこで茄子《なす》めが黒《くろ》くなって腹立《はらた》ち
そこへ夕顔《ゆうがお》仲裁《ちゅうさい》に入り
コレサ待《ま》て待《ま》て　待《ま》て待《ま》て南瓜《かぼちゃ》
色《いろ》が黒《くろ》いとて　背《せい》が低《ひく》いとて
茄子《なす》の木《き》は地主《じぬし》だよ
俺《おら》ゃそなたは　店借《たなが》り身分《みぶん》

唄い方のコツ

　二拍子なので手を打ちながら拍子を取り歌詞の面白さを聞かせるように得意げに唄うと相手に（聴いている人）伝わります。

　数回の練習で唄えることでしょう。

背景

　歌詞を読むだけでも大変愉快な面白い唄というのを直感します。この曲も酒の席での騒ぎ唄として人気のある曲です。

　多少民謡風な所も感じますが新潟県の「新保広大寺節」のくずれとも感じられます。

　それにしてもこれまた野菜畑の主役達が揃いそろっての地争いとは誰が作ったものなのかそれを知りたい……。

他人《ひと》の地面《じめん》へ入《はい》るのが
無理《むり》じゃ　無理《むり》じゃ
ソレ　奥州街道《おうしゅうかいどう》で
南瓜《かぼちゃ》の蔓《つる》めが雪隠《せっちん》こわして
大家《おゝや》が腹《はら》立つ十日《とうか》の手間《てま》とり
ドウスル　ドウスル

雪隠《せっちん》＝トイレの事です。

## ♪ かっぽれ

〽かっぽれかっぽれ　甘茶《あまちゃ》でかっぽれ
塩茶《しおちゃ》でかっぽれ　ヨーイトナ　ヨイヨイ
沖《おき》の暗《くら》いのに白帆《しらほ》が見ゆる　ハヨイトコラ
サ
あれは紀《き》の国《くに》　ヤレコノコレワイノサ　ヨイト
サッササ
みかん船《ぶね》じゃエ　サテ　みかん船《ぶね》
みかん船《ふね》じゃサ　見《み》ゆる　ハヨイトコラサ
あれは紀《き》の国《くに》　ヤレコノコレワイノサ
ヨイトサッササ　みかん船《ぶね》じゃエ
サテ　豊年《ほうねん》じゃ　満作《まんさく》じゃ

唄い方のコツ

三味線の軽快なリズムにのり歯切れよい唄い廻しで口説いていくように唄います。

手拍子なども加わり調子よく唄い上げましょう。

ただ途中の「豊年じゃ」の入りと、後半「ねんねこせ」のところはやや押さえて唄います。

そうしないとテンポが速くなってしまいますので注意しましょう。それにしても楽しい雰囲気の曲です。

サテ　明日《あす》は旦那《だんな》の稲刈《いねか》りに
サテ　小束《こたば》にからげて　チョイト投《な》げた
投《な》げたセッセ枕《まくら》に投《な》げた枕に科《とが》はない
オセセノコレワイノサ　尾花《おばな》に穂《ほ》が咲《さ》いた
この妙《みょう》かいな
サテねんねこせ　ねんねこせ
サテ　ねんねのお守《もり》はどこ行った
サテ　あの山越《やまこ》えて　里行《さとい》った
サテお里《さと》のおみやに　何《なに》もろた
サテ　でんでん太鼓《たいこ》に笙《しょう》の笛《ふえ》
寝《ね》ろてばヨ　寝《ね》ろてばヨ
寝《ね》ろてば　寝《ね》ないのか　この子《こ》はヨ

背景
　紀伊国屋文左衛門の蜜柑船の話が世に知れ渡ると共に願人坊主達が踊り始めたのは幕末から明治にかけてで江戸市中で流行しました。
　梅坊主と初坊主がその一流俳優たちの指導をし明治十九年一月新富座で九代目市川団十郎が歌舞伎舞踊で演じたからです。テンポの軽快なメロディーなので唄といい踊りといい大変人気のある名曲です。

# 演奏者

三味線　鶴家奏英、鶴家奏弦
鳴物　堅田喜俊、美波駒寿
笛　望月太八

## 江戸の四季

秋野恵子（キングレコード）　①初出見よとて　②木遣りくづし　③萩桔梗　④奴さん
新水千豊（新水流）　①梅は咲いたか　②緑かいな　③秋の夜　④から傘

## ご存じ名曲・名所どこは……

——語り　村松喜久則——語り創作・鶴家奏英
秋野恵子　⑤紀伊の国　⑧海晏寺
新水千豊　⑥有明の　⑨夕暮
鶴家奏英　⑦角力甚句

## 廓《さと》の賑《にぎ》わい

新水千豊　⑩並木駒形（語り　村松喜久則）
秋野恵子　⑩深川節
鶴家奏英　⑩新内流し
鶴家奏弦　⑪逢初桜～吉原さわぎ

## 宿場・遊里のはやりうた

秋野恵子　⑫二上り甚句　⑬お江戸日本橋
比気由美子（キングレコード）　⑬さいさい節　⑭お伊勢まいり　⑮猫じゃ猫じゃ
新水千豊　⑬お江戸日本橋
木原周禮　⑮東雲節
演奏のみ　⑮きんらい節

# 参考文献

藤原千恵子 編『図説浮世絵に見る江戸の一日』河出書房新社（2008年）
藤原千恵子 編『図説浮世絵に見る江戸吉原』河出書房新社（2007年）
杉昌郎 著『邦楽入門』文研出版（1977年）
興津要 著『江戸文学ウォーキング　読んで楽しく歩いてみよう東京漫歩記（そぞろあるき）』ごま書房（1999年）
杉浦日向子監修『お江戸でござる』新潮社（2006年）
成美堂出版編集部 編『江戸散歩・東京散歩』成美堂出版（2005年）
邦楽社編集部 編『藤本琇丈端唄俗曲選集』邦楽社（2011年）
千藤幸蔵 著『五線譜と三味線譜お座敷宴歌集』島田音楽出版社
秋谷勝三著『品川宿遊里三代』青蛙房（1983年）
木村菊太郎著『江戸小唄』演劇出版社（1964年）
瀧川政次郎著『吉原の四季　清元「北州千歳寿」考証』青蛙房（1972年）

## 著者プロフィール

**鶴家 奏英**（つるや そうえ）

岩手県西和賀町（旧沢内村）生まれ。

千葉県野田市在住。

（公財）日本民謡協会師範教授。

民謡を木原利周師に師事。

三味線を千藤幸蔵師に師事。

第１回千葉ふるさと文化賞受賞、NHK「民謡をたずねて」、NHK・FM「日本の民謡」出演。新作民謡が多数、日本民謡協会で入選。民謡発掘の取材活動などを展開している。



〈主な活動歴〉

昭和 60年　利根川流域の民謡を発掘開始
　　 63年　民謡公演・利根川百景（野田市）
平成 7年　民謡公演・利根川民謡紀行（野田市）
　　 5年　「かまくらっこ…雪まつり」創作曲発表（秋田県横手市）
　　 16年　「かまくらっこ…雪まつり」新潟県旧六日町　こころ大賞受賞
　　　　　「仙北米よし節」（16年）、入選
　　 17年　「泣き坂追分」（17年）日本民謡協会　新作部門入選
　　　　　「津川キツネの嫁入りまつり」創作曲発表（新潟県津川町）
16～18年　「利根川ものがたり　奏英こころの舟下り」連載
　　 19年　「鶴家奏英民謡の旅、利根川くだり」
　　　　　（４月～10月）（NHK・FM千葉「まるごと60分」）放送

主な作品
三味線器楽曲　坂東太郎
日本の原風景を音に　♪かまくらっこ…雪まつり
　　　　　　　　　　♪津川キツネの嫁入り
著書『奏英こころの舟下り利根川ものがたり』出版

## 三味の音色に江戸を見る


2014年11月15日　初版第１刷発行
2019年９月30日　初版第３刷発行

著　者　鶴家 奏英
発行者　瓜谷 綱延
発行所　株式会社文芸社
　　　　〒160-0022　東京都新宿区新宿1－10－1
　　　　電話 03-5369-3060（編集）
　　　　　　 03-5369-2299（販売）

印刷所　株式会社平河工業社




ISBN978-4-286-14573-0